_____에게

_____

_____ 마음을 담아

_____ 드림

너를 만나는 시 2

서로의 어깨를 빌려 주며

창 비
청소년
시 선
22

너를
만나는 시 2

서로의 어깨를 빌려 주며

함민복 · 김태은 · 육기엽 엮음

창비

차
례

|제1부| 사람이 사람을 만나

일러두기

• 이 책은 2019년 출간된 초판에서 일부 내용을 수정한 개정판입니다.

사람이 사람을 만나

우리는 서로에게
문태준

우리는 서로에게

환한 등불

남을 온기

움직이는 별

멀리 가는 날개

여러 계절 가꾼 정원

뿌리에게는 부드러운 토양

풀에게는 풀여치

가을에게는 갈잎

귀엣말처럼 눈송이가 내리는 저녁

서로의 바다에 가장 먼저 일어나는 파도

고통의 구체적인 원인

날마다 석양

너무 큰 외투

우리는 서로에게

절반

그러나 이만큼은 다른 입장

엄지 1

김금래

엄지야 넌 아니?

널 세우기 위해
다른 손가락들이 접힌다는 걸

바람 소리

허영자

이 바람 소리
그대는 듣느냐

솔숲끼리 부대끼며
아파라! 하는 소리

대숲끼리 부대끼며
아파라! 하는 소리

그대 듣는 소리
나는 듣느냐

꽃잎이 꽃잎끼리
사람이 사람끼리

스치며 부대끼며
아파라! 하는 소리.

딱 고만큼

강지인

토란잎엔
토란잎만큼 큰 물방울이

고춧잎엔
고춧잎만큼 작은 물방울이

쉴 새 없이 내리는
빗방울을

딱 고만큼만
딱 자기 잎사귀만큼만

줄곧 받아 들고
줄곧 덜어 내는

토란잎 큰 물방울
고춧잎 작은 물방울

섬

정현종

사람들 사이에 섬이 있다
그 섬에 가고 싶다

강아지들
엄원태

젖 뗄 때가 된 동네 강아지 셋
아침 산책 때면 먼저 알아보고 우르르 달려온다
와서는 제 몸에 묻은 먼지들을 떨어낸다
털에 달라붙은 늦봄 햇살까지 마구 털어놓는다

저희들끼리 밟고 깨물고 짓까불면서도
지척에서 알짱거릴 뿐, 쉽사리 손길을 허용하지 않는다
막내인 듯한 검둥이 암놈만
배를 드러내고 누워 다리를 달달 떨어 댄다

개들에게선 어쩔 수 없이, 개 냄새가 난다
개들로선 어쩔 수 없는 것

저희들끼리 짓까불던 장난마저 심심해지자
네발로 우뚝 서서 무심한 듯 내 얼굴을 올려다본다
각각의 슬픔으로 여문 검은 눈망울을
서로가 처음인 듯 가만히 들여다보곤 하는 때가 있다

모녀

김기택

딸의 얼굴이 조금 들어가 있는 엄마가
소곤소곤 뭐라고 이야기하고 있다.
딸이 엄마의 웃음을 똑같이 그리며 웃고 있다.
두 웃음이 하나의 얼굴에서 웃는다.
엄마가 나직나직 이야기할 때
두 얼굴은 모두 엄마가 되었다가
딸이 생글생글 이야기하면
두 얼굴은 금방 명랑한 딸의 얼굴이 되곤 한다.
두 몸에서 나온 하나의 얼굴.
두 얼굴에 맞붙어 있는 한 눈, 한 웃음.
한 웃음 속의 두 입, 두 웃음소리.
서로 단단하게 붙어 있는, 둘로 갈라져 버리면
바로 피가 날 것 같은 하나의 얼굴.
한 입으로 이야기하고
한 고개로 끄덕이는 두 얼굴.
엄마의 웃음 속에 있는 딸이 이야기하자
딸 속의 엄마가 무릎을 치며 맞장구친다.
딸의 웃음 속에 들어 있는 엄마가 이야기하자

엄마 속의 딸이 까르르 웃는다.
한참 이야기를 듣던 엄마는
저도 모르게 사십 대의 딸이 되어서는
응, 응? 응, 고개를 끄덕이며 어린 대답을 한다.
딸 속의 엄마는 엄마 속의 딸을 대견하게 바라보며
인자한 웃음을 보낸다.
슬픔이 들어갈 틈이 보이지 않도록 명랑한
둘로 갈라진 자국이 없는
하나의 눈, 하나의 코, 하나의 얼굴.
조마조마하도록 가만히 소곤거리는,
하나가 없어진다면
둘 다 영원히 없어져 버리고 말 것 같은
십 대 엄마와 사십 대 딸.

나

김광규

살펴보면 나는
나의 아버지의 아들이고
나의 아들의 아버지고
나의 형의 동생이고
나의 동생의 형이고
나의 아내의 남편이고
나의 누이의 오빠고
나의 아저씨의 조카고
나의 조카의 아저씨고
나의 선생의 제자고
나의 제자의 선생이고
나의 나라의 납세자고
나의 마을의 예비군이고
나의 친구의 친구고
나의 적의 적이고
나의 의사의 환자고
나의 단골 술집의 손님이고
나의 개의 주인이고

나의 집의 가장이다

그렇다면 나는
아들이고
아버지고
동생이고
형이고
남편이고
오빠고
조카고
아저씨고
제자고
선생이고
납세자고
예비군이고
친구고
적이고
환자고

손님이고
주인이고
가장이지
오직 하나뿐인
나는 아니다

과연
아무도 모르고 있는
나는
무엇인가
그리고
지금 여기 있는
나는
누구인가

다움

오은

파란색과 친숙해져야 해
바퀴 달린 것을 좋아해야 해
씩씩하되 씩씩거리면 안 돼
친구를 먼저 때리면 안 돼
대신, 맞으면 두 배로 갚아 줘야 해

인사를 잘해야 해
선생님 말씀을 잘 들어야 해
받아쓰기는 백 점 맞아야 해
낯선 사람을 따라가면 안 돼
밤에 혼자 있어도 울지 말아야 해
일기는 솔직하게 써야 해
대신, 집안 부끄러운 일은 쓰면 안 돼
거짓말은 하면 안 돼

꿈을 가져야 해
높고 멀되 아득하면 안 돼
죽을 때까지 내 비밀을 지켜 줘야 해

대신, 네 비밀도 하나 말해 줘야 해

한국 팀을 응원해야 해
영어는 잘해야 해
사사건건 따지려고 들면 안 돼
필요할 때는 거짓말을 해도 돼
대신, 정말 필요할 때는 거짓말을 해야만 해
가족을 지켜야 해

학점을 잘 받아야 해
꿈을 잊으면 안 돼
대신, 현실과 타협하는 법도 배워야 해
돈 되는 것을 예의 주시해야 해
돈 떨어지는 것과 동떨어져야 해

내 주변 사람들에겐 항상 친절해야 해
대신, 나만 사랑해야 해
나한테만 베풀어야 해

뭐든 잘해야 해
뭐든 잘하는 척을 해야 해
나를 과장해야 해
대신, 은은하게 드러내야 해
적당히 웃어넘기고 적당히 꾀어넘길 줄 알아야 해
눈치를 잘 살펴야 해
눈알을 잘 굴려야 해

다움은 닳는 법이 없었다
다음 날엔 다른 다움이 나타났다
꿈에서 멀어진 대신,
대신할 게 걷잡을 수 없이 늘어났다
죽을 때까지 지켜야 하는 비밀처럼

다움 안에는
내가 없었기 때문에
다음은 생각할 필요가 없었다

우화(寓話)의 강(江) 1
마종기

사람이 사람을 만나 서로 좋아하면
두 사람 사이에 물길이 튼다.
한쪽이 슬퍼지면 친구도 가슴이 메이고
기뻐서 출렁거리면 그 물살은 밝게 빛나서
친구의 웃음소리가 강물의 끝에서도 들린다.

처음 열린 물길은 짧고 어색해서
서로 물을 보내고 자주 섞여야겠지만
한 세상 유장한 정성의 물길이 흔할 수야 없겠지.
넘치지도 마르지도 않는 수려한 강물이 흔할 수야 없겠지.

긴말 전하지 않아도 미리 물살로 알아듣고
몇 해쯤 만나지 못해도 밤잠이 어렵지 않은 강,
아무려면 큰 강이 아무 의미도 없이 흐르고 있으랴.
세상에서 사람을 만나 오래 좋아하는 것이
죽고 사는 일처럼 쉽고 가벼울 수 있으랴.

큰 강의 시작과 끝은 어차피 알 수 없는 일이지만

물길을 항상 맑게 고집하는 사람과 친하고 싶다.
내 혼이 잠잘 때 그대가 나를 지켜보아 주고
그대를 생각할 때면 언제나 싱싱한 강물이 보이는
시원하고 고운 사람을 친하고 싶다.

햇빛이 말을 걸다

권대웅

길을 걷는데
햇빛이 이마를 툭 건드린다
봄이야
그 말을 하나 하려고
수백 광년을 달려온 빛 하나가
내 이마를 건드리며 떨어진 것이다
나무 한 잎 피우려고
잠든 꽃잎의 눈꺼풀 깨우려고
지상에 내려오는 햇빛들
나에게 사명을 다하며 떨어진 햇빛을 보다가
문득 나는 이 세상의 모든 햇빛이
이야기를 한다는 것을 알았다
강물에게 나뭇잎에게 세상의 모든 플랑크톤들에게
말을 걸며 내려온다는 것을 알았다
반짝이며 날아가는 물방울들
초록으로 빨강으로 답하는 풀잎들 꽃들
눈부심으로 가득 차 서로 통하고 있었다
봄이야

라고 말하며 떨어지는 햇빛에 귀를 기울여 본다
그의 소리를 듣고 푸른 귀 하나가
땅속에서 솟아오르고 있었다

나무처럼

오세영

나무가 나무끼리 어울려 살듯
우리도 그렇게
살 일이다.
가지와 가지가 손목을 잡고
긴 추위를 견디어 내듯

나무가 맑은 하늘을 우러러 살듯
우리도 그렇게
살 일이다.
잎과 잎들이 가슴을 열고
고운 햇살을 받아안듯

나무가 비바람 속에서 크듯
우리도 그렇게
클 일이다.
대지에 깊숙이 내린 뿌리로
사나운 태풍 앞에 당당히 서듯

나무가 스스로 철을 분별할 줄을 알듯
우리도 그렇게
살 일이다.
꽃과 잎이 피고 질 때를
그 스스로 물러설 때를 알듯

| 제2부 |

마침내 나는 너에게 간다

아버님의 사랑 말씀 6
강형철

  너 이놈으 자식 앉아 봐 아버지는 방바닥을 손바닥으로
내려치면서 말씀하셨습니다 내가 여그도 못 살고 저그도
못 살고 오막살이 이 찌그러진 집 한 칸 지니고 사는디 넘
으 집 칙간 청소하고 돈 십오만 원 받아 각고 사는디 뭐 집
을 잽혀야 쓰겄다고 아나 여기 있다 문서허고 도장 있응게
니 맘대로 혀 봐라 이 순 싸가지 없는 새꺄 아 내가 언제 너
더러 용돈 한 푼 달라고 혔냐 돈을 꿔 달라고 혔냐 그저 몇
날 안 남은 거 숨이나 깔딱깔딱 쉬고 사는디 왜 날 못살게
구느냔 말여 왜! 왜! 왜! 아버지 지가 오죽허면 그러겄습니
까 이번만 어떻게…… 뭐 오죽하면 그러겄냐고 아 그렇게
여기 있단 말여 니 맘대로 삶아 먹든지 고아 먹든지 허란
말여 에라 이 순……

  그날 은행에 가서 손도장을 눌러 본인 확인란을 채우고
돌아오는 길에 말씀하셨습니다. 아침에 막걸리 한잔 먹고
헌 말은 잊어버려라 너도 알다시피 나도 애상바쳐 죽겄다
니가 어떻게 돈을 좀 애껴 쓰고 무서운 줄 알라고 헌 소링
게……

사랑

한용운

봄물보다 깊으니라
갈산(秋山)보다 높으니라
달보다 빛나리라
돌보다 굳으리라
사랑을 묻는 이 있거든
이대로만 말하리

배를 매며

장석남

아무 소리도 없이 말도 없이
등 뒤로 털썩
밧줄이 날아와 나는
뛰어가 밧줄을 잡아다 배를 맨다
아주 천천히 그리고 조용히
배는 멀리서부터 닿는다

사랑은,
호젓한 부둣가에 우연히,
별 그럴 일도 없으면서 넋 놓고 앉았다가
배가 들어와
던져지는 밧줄을 받는 것
그래서 어찌할 수 없이
배를 매게 되는 것

잔잔한 바닷물 위에
구름과 빛과 시간과 함께
떠 있는 배

배를 매면 구름과 빛과 시간이 함께
매어진다는 것도 처음 알았다
사랑이란 그런 것을 처음 아는 것

빛 가운데 배는 울렁이며
온종일을 떠 있다

너를 기다리는 동안

황지우

네가 오기로 한 그 자리에
내가 미리 가 너를 기다리는 동안
다가오는 모든 발자국은
내 가슴에 쿵쿵거린다
바스락거리는 나뭇잎 하나도 다 내게 온다
기다려 본 적이 있는 사람은 안다
세상에서 기다리는 일처럼 가슴 애리는 일 있을까
네가 오기로 한 그 자리, 내가 미리 와 있는 이곳에서
문을 열고 들어오는 모든 사람이
너였다가
너였다가, 너일 것이었다가
다시 문이 닫힌다
사랑하는 이여
오지 않는 너를 기다리며
마침내 나는 너에게 간다
아주 먼 데서 나는 너에게 가고
아주 오랜 세월을 다하여 너는 지금 오고 있다
아주 먼 데서 지금도 천천히 오고 있는 너를

너를 기다리는 동안 나도 가고 있다
남들이 열고 들어오는 문을 통해
내 가슴에 쿵쿵거리는 모든 발자국 따라
너를 기다리는 동안 나는 너에게 가고 있다.

돌멩이를 사랑한다는 것

박소란

누구든 사랑할 수 있다는 것

집 앞 과일 트럭이 떨이 사과를 한 소쿠리 퍼 주었다

어둑해진 골목을 더듬거리며 빠져나가는 트럭의 꽁무니를 오래 바라보았다

낡은 코트를 양팔로 안아 드는 세탁소를

부은 발등을 들여다보며 아파요? 근심하는 엑스레이를

나는 사랑했다 절뚝이며 걷다 무심코 발길에 차이는 돌멩이

너는 참 처연한 눈매를 가졌구나 생각했다 어제는

지친 얼굴로 돌아와 말없이 이불을 끌어다 덮는 감기마저

사랑하게 되었음을

내일이 온다면

영혼이 떠난 육신처럼 가벼워진 이불을

상할 대로 상해 맛을 체념한 반찬을 어루만지기로 한다

실연에 취한 친구는 자주 울곤 했는데
사랑은 아픈 거라고 때때로
그 아픔의 눈물이 삶의 마른 화분을 적시기도 한다고 가
르쳐 주었는데
어째서 나는 이토록 아프지 않은 건지

견딜 만하다, 덤덤히 말한다는 것

견딜 만한 것을 다행으로 여기며 텅 빈 곳으로의 귀가를
재촉한다는 것
이 또한 사랑이 아닐까 궁지에 몰린 사랑,
그게 아니라면

도리가 없다는 것 더 이상
사랑하지 않을 도리가

우연히 날아온 무엇에라도 맞아 철철 피 흘리지 않을 도
리가

파도는 넓고 파도는 높다

김현

파도를 생각하는 사랑도 움직이는 것이나
파도만을 생각하지 않는 것으로 사랑은 자유롭다

파도에 순종하는 사랑도 고분고분할 것이나
파도에 순종하지 않으므로 사랑은 고개를 든다

파도에 올라타는 사랑도 용감한 것이나
파도에 올라타지 못할 때 사랑은 비로소 약자의 편에 선다

파도에서 일어나는 사랑도 멀리 내다보는 것이나
파도에 누운 사랑이 가까이 와 있는 것을 응시한다

파도를 이기는 사랑도 똑똑한 것이나
파도에 지고 해변에 눕는 사랑의 얼굴은 지혜롭다

　파도는 파도를 아는 자의 것이 아니라 파도를 모르는 자
의 것

당신이 파도라면
당신의 사랑은 아직 당신을 모르는 자의 것이다

두 사람이 파도라면
두 사람의 사랑은 아직 두 사람을 모르는 두 사람의 것

하나가 되지 않고
둘인 채로 밀려왔다 밀려가는 것에 사랑의 맨손이 있다

때때로 두 사람은 한 사람을 놓쳤음을 후회하지만
놓침으로 해서 사랑은 다시 새로운 결말이 된다

잔잔한 파도가 가장 무섭고 거친 파도가 가장 안전한 것

붙잡는 것을 두려워하지 말고
놓는 것을 또한 용감히 여겨라

파도 앞에서 누구보다 미래를 보고

파도 뒤에서 누구보다 현재를 보는

당신,
사랑은 좁고 사랑은 낮다

그리고
두 사람이 함께 발을 맞대고 궁리해 보는 것이다

자연과 사람 앞에서 성실히
부디

파도는 왜 넓은가
파도는 왜 높은가

배드민턴과 사랑

이재무

오래전 일입니다. 주말이면 아이와 나는 집 앞 공터에서 배드민턴을 쳤습니다. 지는 것을 몹시 싫어하는 아이를 위해 시합에 져 주곤 하였는데 눈치 못 채게 져 주느라 여간 애쓰지 않았습니다. 5전 3선승제. 1세트는 내가 이깁니다. 2세트는 가까스로 집니다. 이때 노력이 필요합니다. 일부러 진 것을 알면 아이가 화낼 게 빤하기 때문입니다. 마지막 세트에 가서 듀스를 거듭하다가 힘들게 집니다. 그러고는 연기력을 발휘하여 분하다는 듯 화를 냅니다. 마른미역처럼 구겨진 얼굴을 하고 있는 내게 아이는 미안한 표정 지으면서도 한결 업된 기분 참을 수 없는지 탄력 좋은 공처럼 통통 튀면서 경쾌하게 집으로 돌아갑니다.

배드민턴을 치면서 나는 들키지 않게 져 주는 것이야말로 가장 위대한 사랑이라는 것을 알았습니다. 사랑의 셔틀콕이 네트를 넘어 널리 멀리 퍼져 나가면 그것처럼 큰 사랑은 없겠지요? 그게 어디 말처럼 쉽겠습니까마는.

어머님의 눈

김남주

밤중에 잠이 깨니
어머님이 내 몸에
이불을 끌어 덮어 주신다.

캄캄한 데서도
웃으며 반짝이는
어머님의 눈이

인제도 나를
세 살 먹은 애로
보시는 것 같다.

어둔 밤의 어머니 눈
아아 그 눈을
나는 못 잊는다.

부녀

김주대

아르바이트 끝나고 새벽에 들어오는 아이의
추운 발소리를 듣는 애비는 잠결에
귀로 운다

못 위의 잠

나희덕

저 지붕 아래 제비 집 너무도 작아
갓 태어난 새끼들만으로 가득 차고
어미는 둥지를 날개로 덮은 채 간신히 잠들었습니다
바로 그 옆에 누가 박아 놓았을까요, 못 하나
그 못이 아니었다면
아비는 어디서 밤을 지냈을까요
못 위에 앉아 밤새 꾸벅거리는 제비를
눈이 뜨겁도록 올려다봅니다
종암동 버스 정류장, 흙바람은 불어오고
한 사내가 아이 셋을 데리고 마중 나온 모습
수많은 버스를 보내고 나서야
피곤에 지친 한 여자가 내리고, 그 창백함 때문에
반쪽 난 달빛은 또 얼마나 창백했던가요
아이들은 달려가 엄마의 옷자락을 잡고
제자리에 선 채 달빛을 좀 더 바라보던
사내의, 그 마음을 오늘 밤은 알 것도 같습니다
실업의 호주머니에서 만져지던
때 묻은 호두알은 쉽게 깨어지지 않고

그럴듯한 집 한 채 짓는 대신

못 하나 위에서 견디는 것으로 살아온 아비,

거리에선 아직도 흙바람이 몰려오나 봐요

돌아오는 길 희미한 달빛은 그런대로

식구들의 손잡은 그림자를 만들어 주기도 했지만

그러기엔 골목이 너무 좁았고

늘 한 걸음 늦게 따라오던 아버지의 그림자

그 꾸벅거림을 기억나게 하는

못 하나, 그 위의 잠

의자

이정록

병원에 갈 채비를 하며
어머니께서
한 소식 던지신다

허리가 아프니까
세상이 다 의자로 보여야
꽃도 열매도, 그게 다
의자에 앉아 있는 것이여

주말엔
아버지 산소 좀 다녀와라
그래도 큰애 네가
아버지한테는 좋은 의자 아녔냐

이따가 침 맞고 와서는
참외밭에 지푸라기도 깔고
호박에 똬리도 받쳐야겠다
그것들도 식군데 의자를 내줘야지

싸우지 말고 살아라
결혼하고 애 낳고 사는 게 별거냐
그늘 좋고 풍경 좋은 데다가
의자 몇 개 내놓는 거여

물수레

최승호

사막의 마을에서 스무 해 동안
물수레를 함께 끌어온
노인과 낙타의 걸음걸이는 서로 닮았다

터어벅 터어벅
오늘도 물수레를 *끄는구나*

터어벅 터어벅
내일도 물수레를 끌겠지

터어벅 터어벅
터어벅 터어벅

노인의 걸음걸이를 낙타가 흉내 내는 것인지
아니면 낙타 걸음걸이를 노인이 흉내 내는 것인지

터어벅 터어벅
터어벅 터어벅

| 제3부 |

선 그어 우릴 가두어 버리면

선운사에서

최영미

꽃이
피는 건 힘들어도
지는 건 잠깐이더군
골고루 쳐다볼 틈 없이
님 한 번 생각할 틈 없이
아주 잠깐이더군

그대가 처음
내 속에 피어날 때처럼
잊는 것 또한 그렇게
순간이면 좋겠네

멀리서 웃는 그대여
산 넘어 가는 그대여

꽃이
지는 건 쉬워도
잊는 건 한참이더군

영영 한참이더군

엽서, 엽서
김경미

단 두 번쯤이었던가, 그것도 다른 사람들과 함께였지요
그것도 그저 밥을 먹었을 뿐
그것도 벌써 일 년 혹은 이 년 전일까요?
내 이름이나 알까, 그게 다였으니 모르는 사람이나 진배
없지요
그러나 가끔 쓸쓸해서 아무도 없는 때
왠지 저절로 꺼내지곤 하죠
가령 이런 이국 하늘 밑에서 좋은 그림엽서를 보았을 때
우표만큼의 관심도 내게 없을 사람을
이렇게 편안히 멀리 있다는 이유로 더더욱 상처의 불안
도 없이
마치 애인인 양 그립다고 받아들여진 양 쓰지요
당신, 끝내 자신이 그렇게 사랑받고 있음을 영영 모르겠
지요
몇 자 적다 이 사랑 내 마음대로 찢어
처음 본 저 강에 버릴 테니까요
불쌍한 당신, 버림받은 것도 모르고 밥을 우물대고 있겠
죠

나도 혼자 밥을 먹다 외로워지면 생각해요

나 몰래 나를 꺼내 보고는 하는 사람도 혹 있을까

내가 나도 모르게 그렇게 행복할 리도 혹 있을까 말예

요……

오이지

신미나

헤어진 애인이 꿈에 나왔다

물기 좀 짜 줘요
오이지를 베로 싸서 줬더니
꼭 눈덩이를 뭉치듯
고들고들하게 물기를 짜서 돌려주었다

꿈속에서도
그런 게 미안했다

우리들의 천국
박준

    곁을 떠난 적이 있다 당신은 나와 헤어진 자리에서 곧 사라졌고 나는 너머를 생각했으므로 서로 다른 시간을 헤매고 낯익은 곳에서 다시 만났다 그 시간과 공간 사이, 우리는 서로가 없어도 잔상들을 웃자라게 했으므로 근처 어디쯤에는 그날 흘리고 온 다짐 같은 것도 있었다

희미하게 남아 있다

안주철

희미하게 남아 있다.
희박하게 남아 있다.

생활 속에 맺힌 물방울이
빛 한 방울을 소중하게 간직하듯이
사랑이라는 말 속에 사랑이 맺히듯이
이별이라는 말 속에 이별이 스며들지 않듯이

희미하게 남아 있다.
희박하게 나의 일부가 남아 있다.

내 속에는 가끔 내가 가득한 느낌이 들고
내 속에는 거의 나 이외의 것이 가득하지만
나와는 멀다. 멀리에 영영 있다.

사랑도 하기 전에
이별도 하기 전에
헤어진 사람과 같이 나는 희미하게

희박하게 숨을 쉰다.

거울을 들여다보아도 내가 없다.
사진을 찍어도 내가 없다.
목에 힘을 주고 뒤를 돌아보아도
내가 없다.

사랑할 준비를 마친 후에도
이별하지 않았는데 이미 헤어진 사람과 같이
희미하게 남아 있다. 희박하지만
명료한 내가
생활 속에 한 방울 맺혀 있다.

엄마는 왜 짤까?

김혜순

엄마 집 가서 한밤중 목말라 일어나 보면
베란다 창문으로 소금 레이스 커튼이 내려오네
희디흰 소금으로 만든 사방 연속무늬
벽을 타고 가늘게 내려오네
찬장 열어 보면 엎어 놓은 밥그릇들 옆에
소금 봉분들 하얗게 빛나고
벗어 놓은 원피스 위로 소금이 첫눈처럼 쌓이네
괜스레 다락문 열면 거기서 소금이
한 가마니 두 가마니 쏟아져 내리네
그 소금 한 알 찍어서 입으로 가져가면
혀 대신 두 눈이 먼저 짜다 짜다
찬물 두 줄기 주르륵 흘리네
일평생 입술을 깨물고 열심히 참아 왔다네
그런데 아이구 이게 또 웬일?
창밖에서 희디흰 소금산이
하늘 높은 줄 모르고 높이높이 솟아오르고
느닷없이 들고 있던 유리컵이 산산조각 나고
엄마가 잠 깨는 기적

그러자 소금으로 그려진 사방 연속무늬들이
티베트 스님들이 색색 모래로 그렸다 지운 만다라처럼
흔적 없이 사라져 버리네
소금이 깊디깊은 밤바다 속으로 다 쓸려 가 버리네
엄마네 집은 왜 이다지도 짧을까?

외지팡이

서상만

길을 잃고
헤매고 있네

평생 나에게 기댄 아내
내가 그녀의 지팡인 줄 알았는데,

산에 묻고 돌아서니
자꾸만 헛발질이네

교감

천양희

한 마음의 움직임과
한 마음을 움직이게 한
한 마음의 움직임이
겹쳐 떨린다
물결 위에 햇살이 겹쳐 떨리듯

전언

고영

어머니가 애지중지 업어 키우던 애기단풍님을
집으로 모셔 왔다 49재 날이었다
멀미를 하셨는지 낯가림을 하시는지
아님 전해야 할 어려운 말씀이 있으신지
곱디곱던 단풍잎들의 안색이
어두워 보였다

짠하고 안쓰러운 마음에 화분을 보니
물이 스며들 틈조차 없을 정도로
흙들이 꾹꾹 다져져 있다
어른이라는 허울 속에 숨어 있던 슬픔이
울컥, 치밀어 올랐다

병상에 이불 갈아 드리듯
흙을 파내고 분갈이를 한다
굵은 모래와 깻묵을 섞고
거름흙에 햇볕 한 줌 꺾어 넣고
막내아들의 따뜻한 눈물까지 쟁여 넣고서

더 이상 마르지 마시라고
흠뻑 물을 주고 볕 좋은 베란다에 정중히 모셨다

다음 날 아침
문안 여쭙듯 애기단풍님께 물을 뿌려 주는데
화분에서 무언가 반짝이는 것이 보였다
칠순 생신날 내가 끼워 드린
어머니의 잃어버린 실반지였다

남해 금산

이성복

한 여자 돌 속에 묻혀 있었네
그 여자 사랑에 나도 돌 속에 들어갔네
어느 여름 비 많이 오고
그 여자 울면서 돌 속에서 떠나갔네
떠나가는 그 여자 해와 달이 끌어 주었네
남해 금산 푸른 하늘가에 나 혼자 있네
남해 금산 푸른 바닷물 속에 나 혼자 잠기네

선(線) 긋기

문무학

이를테면 안과 밖을 가르는 선 긋기나
내 것 네 것 나누는 그런 선을 긋는 데는
날이 선 음모의 칼끝 숨어 있기 마련이다.

그 뉘도 사랑을 선 긋기로 하지 않고
아무도 평화를 선 그어 가꾸지 않지만
우린 왜 선을 그으며 그 속에 갇히는가?

선 그어 날 가두고 선을 그어 널 버리면
우린 다시 무엇으로 우리 될 수 있을까
칼끝이 스친 자리는 아물어도 흉터인데.

내가 외로울 땐

이해인

너는 네 말만 하고
나는 내 말만 하고

같은 장소
같은 시간에
대화를 시작해도
소통이 안 되는 벽을 느낄 때

꼭 나누고 싶어서
어떤 감동적인 이야길
옆 사람에게 전해도
아무런 반응이 없을 때

나는 아파서 견딜 수가 없는데
가장 가까운 이들이
그것도 못 참느냐는 눈길로
나를 무심히 바라볼 때

내가 진심으로 용서를 청하며
화해의 악수를 청해도
지금은 아니라면서
악수를 거절할 때

누군가 나를 험담한 말이
돌고 돌아서
나에게 도착했을 때

나는
어쩔 수 없이 외롭다
쓸쓸하고 쓸쓸해서
하늘만 본다

파밭가에서

김수영

삶은 계란의 껍질이
벗겨지듯
묵은 사랑이
벗겨질 때
붉은 파밭의 푸른 새싹을 보아라
얻는다는 것은 곧 잃는 것이다

먼지 앉은 석경 너머로
너의 그림자가
움직이듯
묵은 사랑이
움직일 때
붉은 파밭의 푸른 새싹을 보아라
얻는다는 것은 곧 잃는 것이다

새벽에 준 조로의 물이
대낮이 지나도록 마르지 않고
젖어 있듯이

묵은 사랑이
뉘우치는 마음의 한복판에
젖어 있을 때
붉은 파밭의 푸른 새싹을 보아라
얻는다는 것은 곧 잃는 것이다

| 제4부 |

지금 나 여기 서 있다

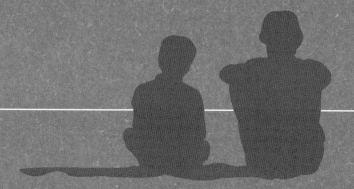

동질(同質)
조은

이른 아침 문자 메시지가 온다
— 나지금입사시험보러가잘보라고해줘너의그말이꼭필
요해
　모르는 사람이다
　다시 봐도 모르는 사람이다

　메시지를 삭제하려는 순간
　지하철 안에서 전화기를 생명처럼 잡고 있는
　절박한 젊은이가 보인다

　나도 그런 적이 있었다
　그때 나는 신도 사람도 믿지 않아
　잡을 검불조차 없었다
　그 긴장을 못 이겨
　아무 데서나 꾸벅꾸벅 졸았다

　답장을 쓴다
— 시험꼭잘보세요행운을빕니다!

점심, 후회스러운
정일근

한여름 폭염. 무더운 거리 나서기 싫어, 냉방이 잘된 서늘한 사무실에서 시켜 먹는 편안한 점심. 오래지 않아 3층 계단을 힘겹게 올라올 단골 밥집 최 씨 아주머니. 나는 안다, 머리에 인 밥과 국, 예닐곱 가지 반찬의 무게, 염천에 굵은 염주 알 같은 땀 흘리며 오르는 고통의 계단, …… 나는 안다, 머리에 인 밥보다도 무겁고 고통스러운 그녀의 삶. 신부전증을 앓고 있는 남편과 늙은 시어머니의 치매, 아직도 공부가 끝나지 않은 어린 사 남매. 단골이란 미명으로 믿고 들려준 그녀의 가족사. (나는 그녀의 눈을 피한다) 서늘한 사무실에 짐승처럼 갇혀, 흰 와이셔츠 넥타이에 목 묶인 채 먹는 점심. 먹을수록 후회스러운 식욕.

성에꽃

최두석

새벽 시내버스는
차창에 웬 찬란한 치장을 하고 달린다
엄동 혹한일수록
선연히 피는 성에꽃
어제 이 버스를 탔던
처녀 총각 아이 어른
미용사 외판원 파출부 실업자의
입김과 숨결이
간밤에 은밀히 만나 피워 낸
번뜩이는 기막힌 아름다움
나는 무슨 전람회에 온 듯
자리를 옮겨 다니며 보고
다시 꽃이파리 하나, 섬세하고도
차가운 아름다움에 취한다
어느 누구의 막막한 한숨이던가
어떤 더운 가슴이 토해 낸 정열의 숨결이던가
일없이 정성스레 입김으로 손가락으로
성에꽃 한 잎 지우고

이마를 대고 본다
덜컹거리는 창에 어리는 푸석한 얼굴
오랫동안 함께 길을 걸었으나
지금은 면회마저 금지된 친구여.

파안

고재종

마을 주막에 나가서
단돈 오천 원 내놓으니
소주 세 병에
두부찌개 한 냄비

쭈그렁 노인들 다섯이
그것 나눠 자시고
모두들 볼그족족한 얼굴로

허허허
허허허
큰 대접 받았네그려!

회전 식탁

김해자

아이들에게 지구의를 나눠 준 적 있지
지구라도 되는 듯 좋아하던 딸아이 탄성 때문에
진작 사 주지 돌리고 놀게, 원성이 오래 남아
지구의 함께 돌리다 보면 하느님이 된 것 같았지
푸른 바닷물이 출렁, 물고기들도 펄떡
튀어나오는 것 같았지
빙빙 돌리면 둥글게 넘치는 잔칫상 같았지
지구의를 돌려라 중국집 회전 식탁처럼
지구를 돌려라 팔 짧은 아이도 음식이 닿게
지구가 도는 까닭은
누구도 굶지 않는 회전 밥상이 되기 위해서다
아이들아, 지구의를 돌려라 새 지구를
저기, 푸른 식탁이 돌고 있다

손목

윤제림

나 어릴 때 학교에서 장갑 한 짝을 잃고
울면서 집에 온 적이 있었지
부지깽이로 죽도록 맞고 엄마한테 쫓겨났지
제 물건 하나 간수 못 하는 놈은
밥 먹일 필요도 없다고
엄마는 문을 닫았지
장갑 찾기 전엔 집에 들어오지도 말라며.

그런데 저를 어쩌나
스리랑카에서 왔다는 저 늙은 소년은
손목 한 짝을 흘렸네
몇 살이나 먹었을까 겁에 질린 눈은
아직도 여덟 살처럼 깊고 맑은데
장갑도 아니고 손목을 잃었네
한하운처럼 손가락 한 마디도 아니고
발가락 하나도 아니고
손목을 잃었네.

어찌할거나 어찌 집에 갈거나
제 손목도 간수 못 한 자식이.
저 움푹한 눈망울을 닮은
엄마 아버지 아니 온 식구가, 아니
온 동네가 빗자루를 들고 쫓을 테지
손목 찾아오라고 찾기 전엔
돌아올 생각도 하지 말라고.

찾아보세나 사람들아
붙여 보세나 동무들아
고대로 못 붙여 보내면
고이 싸서 동무들 편에 들려 보내야지
들고 가서 이렇게 못 쓰게 되었으니
묻어 버려야 쓰겠다고
개 엄마 아버지한테 보이기라도 해야지
장갑도 아니고
손목인데.

황제펭귄

박형준

얼음이 단단해지는 남극의 겨울이 오면 황제펭귄은 바다에서 내륙으로 이동한다. 포식자를 피해 짧은 다리로 빙산을 타고 얼음길을 걸어 바람막이의 안전한 평지를 찾아 100km를 이동한다. 그들은 그곳에서 제의처럼 짝짓기를 끝내고 암컷은 알 낳기에만 몰두하여 몇 주 후에 주먹 크기만 한 알을 낳는다. 암컷은 힘을 모두 소진하였기 때문에 더 이상 알을 품을 수 없어 수컷에게 넘긴다. 암컷은 수컷에게 알을 넘기기 위해 수컷에게 최대한 몸을 밀착시키고 신속하게 알을 건네준다. 수컷의 짧은 두 다리 사이에는 주머니가 있어서 이 속에서 알은 안전하게 부화의 과정을 거친다. 암컷들은 원기를 회복하기 위해 다시 바다로 되돌아간다. 그때부터 수컷들의 순례의 행진이 시작된다. 눈보라와 영하 60℃의 강추위 속에서 수백만 마리의 수컷 펭귄들이 다리 사이에 알을 끼우고 암컷들이 떠난 바다에 시선을 고정한 채, 알을 지키기 위해 둥그렇게 뭉쳐 서로를 보호한다. 온몸이 눈보라에 뒤덮인 채로 어둠 속에서 백야의 무덤이 되어 간다. 바깥에 있는 펭귄들은 안으로 들어가고 안에 있는 펭귄들은 다시 바깥으로 나오면서 그들은 그렇게 2개월 이상을 보낸다. 드디어 순례의 정점에서 새끼들이 부화하고 수컷들은 되새김질한 먹이를 새끼에게 먹여 주지만 그들 역시 아무것도 먹지 못했기 때문에 이내 한계에 도달한다. 바로 이때 저 멀리 바다에 가 있던 암컷들이 입안에 가득 먹이를 지닌 채 아침 해를 등에 지고 나타나기 시작한다. 한 걸음 한 걸음씩 다가오는 암컷들의 실루엣에 커다랗게 원을 이루면서 뭉쳐 있던 수컷들의 대오가 무너지고, 그들은 환호성을 지르면서 자신만의 목소리로 짝을 부른다. 2개월 이상의 긴 시간이 지났음에도 암컷들은 자신의 짝의 목소리를 정확히 기억한다. 입에 가득 문 먹이를 품은 채 뒤뚱거리는 다리로 수컷과 제 새끼에게 안겨 든다.

이 도보 승들에겐 흔히 Emperor라는 칭호가 붙는다.
이 피안의 황제들은 자신을 침묵 속에 열어 놓고
자신의 고독으로 세계를 창조한다.
봄은 의지로 온다.

속 좋은 떡갈나무

정끝별

속 빈 떡갈나무에는 벌레들이 산다
그 속에 벗은 몸을 숨기고 깃들인다.
속 빈 떡갈나무에는 버섯과 이끼들이 산다
그 속에 뿌리를 내리고 꽃을 피운다
속 빈 떡갈나무에는 딱따구리들이 산다
그 속에 부리를 갈고 곤충을 쪼아 먹는다
속 빈 떡갈나무에는 박쥐들이 산다
그 속에 거꾸로 매달려 잠을 잔다
속 빈 떡갈나무에는 올빼미들이 산다
그 속에 둥지를 틀고 새끼를 깐다
속 빈 떡갈나무에는 오소리와 여우가 산다
그 속에 굴을 파고 집을 짓는다

속 빈 떡갈나무 한 그루의
속 빈 밥을 먹고
속 빈 노래를 듣고
속 빈 집에 들어 사는 모두 때문에
속 빈 채 큰 바람에도 떡 버티고

속 빈 채 큰 가뭄에도 썩 견디고
조금 처진 가지로 큰 눈들도 싹 털어 내며
한세월 잘 썩어 내는
세상 모든 어미들 속

나 거기 서 있다

박노해

몸의 중심은 심장이 아니다
몸이 아플 때 아픈 곳이 중심이 된다

가족의 중심은 아빠가 아니다
아픈 사람이 가족의 중심이 된다

총구 앞에 인간의 존엄성이 짓밟히고
양심과 정의와 아이들이 학살되는 곳
이 순간 그곳이 세계의 중심이다

아 레바논이여
팔레스타인이여
이라크여
아프가니스탄이여
홀로 화염 속에 떨고 있는 너

국경과 종교와 인종을 넘어
피에 젖은 그대 곁에

지금 나 여기 서 있다
지금 나 거기 서 있다

우리가 물이 되어

강은교

우리가 물이 되어 만난다면
가문 어느 집에선들 좋아하지 않으랴.
우리가 키 큰 나무와 함께 서서
우르르 우르르 비 오는 소리로 흐른다면.

흐르고 흘러서 저물녘엔
저 혼자 깊어지는 강물에 누워
죽은 나무뿌리를 적시기도 한다면.
아아, 아직 처녀인
부끄러운 바다에 닿는다면.

그러나 지금 우리는
불로 만나려 한다.
벌써 숯이 된 뼈 하나가
세상에 불타는 것들을 쓰다듬고 있나니

만 리 밖에서 기다리는 그대여
저 불 지난 뒤에

흐르는 물로 만나자.
푸시시 푸시시 불 꺼지는 소리로 말하면서
올 때는 인적 그친
넓고 깨끗한 하늘로 오라.

술을 많이 마시고 잔 어젯밤은

신동엽

술을 많이 마시고 잔
어젯밤은
자다가 재미난 꿈을 꾸었지.

나비를 타고
하늘을 날아가다가
발아래 아시아의 반도
삼면에 흰 물거품 철썩이는
아름다운 반도를 보았지.

그 반도의 허리, 개성에서
금강산 이르는 중심부엔 폭 십 리의
완충 지대, 이른바 북쪽 권력도
남쪽 권력도 아니 미친다는
평화로운 논밭.

술을 많이 마시고 잔 어젯밤은
자다가 참

재미난 꿈을 꾸었어.

그 중립 지대가
요술을 부리데.
너구리 새끼 사람 새끼 곰 새끼 노루 새끼 들
발가벗고 뛰어노는 폭 십 리의 중립 지대가
점점 팽창되는데,
그 평화 지대 양쪽에서
총부리 마주 겨누고 있던
탱크들이 일백팔십도 뒤로 돌데.

하더니, 눈 깜박할 사이
물방개처럼
한 떼는 서귀포 밖
한 떼는 두만강 밖
거기서 제작기 바깥 하늘 향해
총칼들 내던져 버리데.

꽃 피는 반도는
남에서 북쪽 끝까지
완충 지대,
그 모오든 쇠붙이는 말끔히 씻겨 가고
사랑 뜨는 반도,
황금 이삭 타작하는 순이네 마을 돌이네 마을마다
높이높이 중립의 분수는
나부끼데.

술을 많이 마시고 잔
어젯밤은 자면서 허망하게 우스운 꿈만 꾸었지.

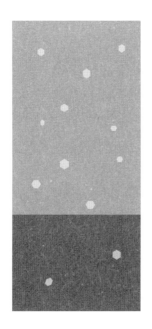

모든 것은 관계에 의해서 존재한다

오랫동안 대안학교에서 학생들과 함께 생활하고 있는 교장 선생님 한 분을 만났다. 요즘 청소년들은 행복하지 않다고 하며, 이 점이 청소년들의 가장 큰 문제라고 했다. 공부하는 시간을 줄이고 자유 시간을 많이 줘 봐도 마찬가지라고 했다. 아이들과 함께 생활하며 고찰해 본 결과 그 원인을 아이들이 관계 맺기를 잘 못하는 데에서 찾았다고 한다. 그는 대부분의 아이들이 어려서부터 홀로 자라 가정에서 자연스럽게 체득되던, 관계의 기초인 가족 관계를 학습하지 못하는 데 그 원인이 있는 것 같다고 덧붙였다. 관계를 떠나 살아갈 수 없는 현실에서 관계가 원만하게 이루어지지 않는데 어찌 행복할 수 있겠냐고. 그러니 학생들의 마음에 공감을 일으켜, 관계 맺기의 중요성을 일깨우고 관계를 맺는 힘을 길러 줄 수 있는, 시 읽고 쓰기 수업을 해 달라고 부탁해 왔다.

그 일이 있고 얼마 뒤에 창비교육 관계자를 만났는데, 그는 교장 선생님처럼 청소년들이 관계 맺기에 어려움을 겪는다는 것과 관계의 중요성을 말하더니 이에 도움이 될 만한 시집을 만들고 싶다고 했다. 학교 현장에서 청소년들을 직접 만나는 수십 명의 선생님들이 참여해서 시를 선정하는 작업을 한다고 했고, 그렇게 '관계 시선'은 출발했다.

선생님들이 추천한 수백 편의 시와 전에 읽었던 시집 수백여 권을 다시 읽었다. 마치 세상의 모든 일이 그렇다는 듯 관계를 노래하지 않는 시는 없었다. 이에 먼저 다양한 관계를 어떻게 분류할 것인가를 진지하게 고민했다. 우주의 마음 표현인 봄, 여름, 가을, 겨울을 닮은 사람의 본성, 즉 인의예지로 시들을 분류해 보는 것은 어떨까 하는 의견을 냈다. 논의를 거듭하다 이를 발전시켜 관계의 다양한 양상에 초점을 맞춰 시작하는 관계, 물드는 관계, 밀어 내고 끊는 관계, 포용하고 화합하는 관계로 부를 구성하기로 했다. 시를 정리하다 보니 한 편의 시에 다양한 관계의 양상이 담긴 경우가 많았고, 의외로 1부에 해당하는 시작하는 관계를 노래한 시들이 적음도 발견할 수 있었다. '시인들마저 '관계의 시작'을 노래하기 꺼리는 시대가 된 것일까?' 하는 생각이 들어 쓸쓸해지기도 했다.

부 구성의 선명성을 위해 여러 차례 작품을 교체하며 많은 시간을 투자했으나 원하는 만큼의 선명성을 얻지는 못했다. 이는 아마 우리 앞에 펼쳐진 세계가 뚜렷한 경계를 두고 나뉘어 있는 것이 아니라 겉으로 드러나지 않는 어떠한 관계를 통해 서로 내밀하게 연결되어 있기 때문일 것이다.

우리 시대 관계의 특징은 무엇일까? 과정의 생략이 아닐까. 가령 SNS만 봐도 그렇지 않은가. 새로운 길을 내지 않고 이미 연결되어 있는 소통의 통로를 이용해 우리는 쉽게 관계를 맺고 있는 것 아닌가. 이 경우 관계 맺기의 시작에 망설임이나 설렘이 아무래도 덜한 것은 기정사실이다. 이 간접적이고 익명성이 보장되는 전파의 근육을 빌려 우리가 관계를 맺을 때, 상대의 사랑이 담긴 눈빛이 생략되고, 우정이 묻어나는 악수가, 화려한 꽃의 향기가, 물고기의 비린내가 생략되지 않던가. 온전한 관계 맺기는 대상을 직접 대면할 때만 가능하다. 물론 관계 맺기의 수월성과 광범위성을 인정하지 않는 것은 아니다. 그러나 관계의 길이 건조할 때, 길에 정감이 담겨 있지 않을 때 그 관계 또한 그리되지 않겠는가.

세계는 관계다. 모든 것은 관계에 의해서 존재한다. 한 철학자는 이를 '세계-내-존재'라고 말했고, 불교에서는 '나는 나 아닌 것으로만 만들어져 있다'고 했고, 한 교육학자는 '내 밖에 나를 만든 수많은 내가 있다'고 했다. 현 사회의 관계망을 외면할 수는 없지만 관계의 건강성을 회복하기 위해 우리는 무엇인가 노력해야 할 것이다.

'시를 읽으면 감흥이 생기고 사물을 관찰하게 되며, 사람들과 잘 어울릴 수 있고, 그릇된 일에는 화를 내 그 일을 풀 수 있게 된다. 또 부모와 임금을 섬기고 새와 짐승과 풀과 나무의 이름을 알게 된다. 시를 읽지 않으면 높은 담을 마주 보고 서 있는 것과 같이 된다'고 간파한 공자의 말을 풀면 세상에서 가장 아름다운 법, 은유법을 장착한 시는 관계 맺기의 뿌리다. "돌아가는 것은 무엇이든 / 중심에서 온다." 루미의 시를 빌려 표현해 본다면 우리의 삶을 돌아가게 하는 중심은 분명 관계다.

무엇을 어떤 무엇으로 관계 맺어 표현하는 시를 통해 창의적으로, 건강하게 관계 맺는 훈련을 하며, 공감보다 반감이 드센 일방적 관계의 시대에서 공감을 향해 나아가는 시의 처방을 받아 봄은 어떤지.

어찌 보면 우리는 최소한의 관계만을 원하며 살고 있는지도 모른다. 이것은 관계의 절제가 아니라 병적 편식이다. 외롭고 쓸쓸한 삶을 살고 있는 현대의 우리들을 위해 특히, 청소년들을 위해, 따뜻한 관계를 복원하는 데에 조금이라도 도움이 되길 간절히 바라며 이 시집을 엮는다.

엮은이를 대표하여 함민복 씀

작품 출처

강은교 「우리가 물이 되어」,『허무집』, 서정시학, 2006

강지인 「딱 고만큼」,『수상한 북어』, 문학동네, 2018

강형철 「아버님의 사랑 말씀 6」,『도선장 불빛 아래 서 있다』, 창비, 2002

고 영 「전언」,『딸꾹질의 사이학』, 실천문학, 2015

고재종 「파안」,『날래 사랑』, 창비, 1995

권대웅 「햇빛이 말을 걸다」,『조금 쓸쓸했던 생의 한때』, 문학동네, 2003

김경미 「엽서, 엽서」,『이기적인 슬픔들을 위하여』, 창비, 1995

김광규 「나」,『반달곰에게』, 민음사, 1981

김금래 「엄지 1」,『꽃피는 보푸라기』, 한겨레출판, 2016

김기택 「모녀」,『갈라진다 갈라진다』, 문학과지성사, 2012

김남주 「어머님의 눈」,『엄마야 누나야』, 보리, 1999

김수영 「파밭가에서」,『김수영 전집 1 시』, 민음사, 2003

김주대 「부녀」,『그리움의 넓이』, 창비, 2012

김해자 「회전 식탁」,『집에 가자』, 삶창, 2015

김 현 「파도는 넓고 파도는 높다」,『호시절』, 창비, 2020

김혜순 「엄마는 왜 짧을까?」,『당신의 첫』, 문학과지성사, 2008

나희덕 「못 위의 잠」,『그 말이 잎을 물들였다』, 창비, 1994

마종기 「우화의 강 1」,『그 나라 하늘빛』, 문학과지성사, 1991

문무학 「선 긋기」,『벙어리뻐꾸기』, 태학사, 2001

문태준 「우리는 서로에게」,『내가 사모하는 일에 무슨 끝이 있나요』,
문학동네, 2018

박노해 「나 거기 서 있다」,『그러니 그대 사라지지 말아라』, 느린걸음, 2010

박소란 「돌멩이를 사랑한다는 것」,『심장에 가까운 말』, 창비, 2015

박 준 「우리들의 천국」,『우리가 함께 장마를 볼 수도 있겠습니다』,
문학과지성사, 2018

박형준 「황제펭귄」,『생각날 때마다 울었다』, 문학과지성사, 2011

서상만 「외지팡이」,『노을 밥상』, 서정시학, 2016

신동엽 「술을 많이 마시고 잔 어젯밤은」,『신동엽 시 전집』, 창비, 2013

신미나 「오이지」,『싱고,라고 불렀다』, 창비, 2014

안주철 「희미하게 남아 있다」,『다음 생에 할 일들』, 창비, 2015

엄원태 「강아지들」,『먼 우레처럼 다시 올 것이다』, 창비, 2013

오세영 「나무처럼」,『꽃들은 별을 우러르며 산다』, 시와시학사, 1993

오 은 「다움」,『유에서 유』, 문학과지성사, 2016

윤제림 「손목」,『그는 걸어서 온다』, 문학동네, 2008

이성복 「남해 금산」,『남해 금산』, 문학과지성사, 1986

이재무 「배드민턴과 사랑」,『슬픔에게 무릎을 꿇다』, 실천문학, 2014

이정록 「의자」,『의자』, 문학과지성사, 2006

이해인 「내가 외로울 땐」,『필 때도 질 때도 동백꽃처럼』, 마음산책, 2014

장석남 「배를 매며」,『왼쪽 가슴 아래께에 온 통증』, 창비, 2001

정끝별 「속 좋은 떡갈나무」,『흰 책』, 민음사, 2000

정일근 「점심, 후회스러운」,『경주 남산』, 문학동네, 1998

정현종 「섬」,『나는 별 아저씨』, 문학과지성사, 1978

조 은 「동질」,『생의 빛살』, 문학과지성사, 2010

천양희 「교감」,『너무 많은 입』, 창비, 2005

최두석 「성에꽃」,『성에꽃』, 문학과지성사, 1990

최승호 「물수레」,『고비』, 현대문학, 2007

최영미 「선운사에서」,『서른, 잔치는 끝났다』, 창비, 1994

한용운 「사랑」,『한용운 시 전집』, 서정시학, 2009

허영자 「바람 소리」,『목마른 꿈으로써』, 마을, 1997

황지우 「너를 기다리는 동안」,『게 눈 속의 연꽃』, 문학과지성사, 1990

이 책을 엮는 데 도움을 주신 선생님들

고미정   강원 춘천 봄내중학교
고은자   광주 유덕중학교
김방울   경기 화성 석우중학교
김애리   경기 하남 미사강변고등학교
김은진   경기 고양 일산대진고등학교
김정은   강원 춘천 가정중학교
김정희   서울 창덕여자고등학교
김지연   경기 수원 영덕고등학교
김진영   경기 광명 운산고등학교
김호임   서울 영원중학교
김효년   전북 군산중앙여자고등학교
문다경   경기 부천 상일고등학교
문정화   경기 고양 백신고등학교
민태홍   경기 안산 경안고등학교
박우석   대구 강북고등학교
백주희   경기 수원 영덕고등학교
서형오   부산 지산고등학교
성귀영   경기 화성 안화고등학교
안선옥   광주 용봉중학교
안수정   부산 부산서여자고등학교
양승현   광주 월곡중학교
엄송희   경기 하남 미사강변고등학교
오민영   경기 하남 미사강변고등학교
오수정   경기 고양 중산고등학교
옥오화   강원 춘천 남춘천여자중학교
윤아름   부산 대동고등학교
이경미   경기 시흥 연성중학교

이민수   서울 삼정중학교
이병택   서울 구로중학교
이병학   강원 춘천 강원대학교
        사범대학부설고등학교
이상민   서울 삼정중학교
이상원   서울 영일고등학교
이성균   경기 시흥 함현고등학교
이율아   광주 광주과학고등학교
이정희   경기 시흥 장곡고등학교
이현주   전북 남원서진여자고등학교
임미연   광주 조선대학교여자고등학교
임초영   강원 강릉 강일여자고등학교
임혜진   세종 도담중학교
정유리   경기 고양 저현고등학교
정형근   서울 정원여자중학교
조미숙   광주 신광중학교
추연석   전북 전주고등학교
홍용표   서울 성심여자고등학교
황인복   경기 안성여자중학교

창비청소년시선 22

너를 만나는 시 2
서로의 어깨를 빌려 주며

초판 1쇄 발행 • 2019년 9월 5일
초판 3쇄 발행 • 2021년 12월 28일
개정판 1쇄 발행 • 2023년 2월 24일
개정판 3쇄 발행 • 2024년 6월 7일

엮은이 • 함민복 김태은 육기엽
펴낸이 • 김종곤
편집 • 서대영 한아름
펴낸곳 • (주)창비교육
등록 • 2014년 6월 20일 제2014-000183호
주소 • 04004 서울특별시 마포구 월드컵로12길 7
전화 • 1833-7247
팩스 • 영업 070-4838-4938 / 편집 02-6949-0953
홈페이지 • www.changbiedu.com
전자우편 • contents@changbi.com

ⓒ (주)창비교육 2023
ISBN 979-11-6570-205-2 44810